눈치코치 삼총사의
눈치껏 배려 생활

눈치코치 삼총사의 눈치껏 배려 생활

생각이 깡충! 마음이 깡충! 자라나는 이야기

1판 1쇄 발행 2024년 12월 10일 **글쓴이** 김리하 **그린이** 나인완

펴낸곳 토끼섬 **펴낸이** 오성희 **기획편집** 한라경 **디자인** 이든디자인 **마케팅** 성진숙 박미나

주소 경기도 파주시 가람로 116번길 107, 821호 **등록** 제406-2021-000002호 **제조국** 대한민국

전화 031-942-7001 **팩스** 0504-282-7790 **이메일** tokkiseom@naver.com **인스타그램** @tokkiseom_book

ISBN 979-11-990197-0-6 73810

ⓒ김리하, 나인완

＊이 도서는 인천문화재단의 '2024년 예술창작지원' 사업 선정작입니다.

눈치코치 삼총사의
눈치껏 배려 생활

김리하 글 | 나인완 그림

저자의 말

친구의 마음을 알아채는
다정한 눈치 코치 삼총사!

아주아주 오래전에 있었던 일이에요. 한 여자아이가 유치원에 갈 때마다 출근하는 아빠랑 걸어갔대요. 아빠는 딸과 함께 길을 걸으면서 들려주고 싶은 이야기가 많았어요. 길가에 핀 꽃이나 날씨, 친한 친구의 이름이나 딸의 예쁜 유치원복에 대해서 말이에요. 그런데 아빠가 말을 꺼내려고 할 때마다 여자아이는 이렇게 외쳤대요.

"아빠, 여기 개똥."

"아빠, 저기 개똥."

여자아이는 길거리 여기저기에서 뒹구는 개똥 얘기만 하다가 유치원에 쏙 들어갔대요.

어느 날 아빠는 엄마에게 여자아이가 정말 이상하다고

말을 했답니다.

"쟤는 왜 매일 개똥 얘기만 하는지 알다가도 모르겠어. 할 줄 아는 말이 개똥밖에 없나?"

집에서 유치원까지 걸어가며 오로지 개똥 얘기만 입에 달고 다녔던 그 이상한 여자아이는 바로 제 언니랍니다.

한참 지난 후에야 언니가 왜 그랬는지 이유를 말해 주었어요. 언니는 혹시라도 아빠가 거리에 나뒹구는 개똥을 밟을까 봐 걱정이 되었대요. 그래서 밖에 나가면 아빠가 개똥을 밟지 않도록 온 신경을 곤두세우고 다니느라 너무 힘이 들었다고 해요. 옛날에는 지금과는 다르게 거리를 헤매고 다니는 개도 많았고 개똥도 많았거든요.

　눈치 없어 보였던 어릴 적 언니는 사실 아빠를 생각하고 걱정하던 아이였습니다. 개똥을 밟지 않길 바라는 마음은 아빠에 대한 언니의 사랑과 배려였을 겁니다. 그건 어린 나이에 할 수 있는 유일한 행동이었을 거예요.

　이 책에도 저희 언니 같은 세 명의 아이가 나와요. 누군가의 마음을 미루어 짐작해 볼 줄 아는 아이들이죠. 친구가 없던 남다라, 노수지, 기세찬은 삼총사가 되어 어울려 다닙니다. 톡톡 쏘는 말투를 지녔지만 속 깊은 남다라, 나약해 보이지만 친구 마음을 잘 알아채는 기세찬, 실수가 많지만 해결도 잘하는 노수지.

　개성 강한 삼총사는 화가 날 때도 있고 짜증이 날 때도

있지만 서로의 입장에서 한 번 더 생각해 보며 다정하게
행동합니다. 친구의 마음을 잘 알아채는 밝은 눈을 가진
귀여운 삼총사의 이야기. 함께 들어 볼까요?
눈치코치 치치치!

삼총사의 눈치코치를 따라가고 싶은

김리하

차 례

떡볶이

아줌마, 김말이랑 떡볶이 주세요.

헉헉. 아줌마, 떡볶이랑 핫!도그 주세요.

헉헉헉헉. 아줌마, 핫!도그랑 김말이 주세요.

어머, 얘들아. 어쩌니? 다 팔렸어.

다 팔린 건 아니잖아요. 핫!도그도 한 개 남았고.

김말이도 세 개나 있고.

떡볶이도 한 접시는 나올 거 같은데요?

응, 그렇긴 한데. 다 1인분이라서 팔기가 좀 그러네. 너흰 친구가 아니니 같이 나눠 먹으라고 할 수도 없잖아.

저희 친구 맞아요. 그치? 넌 기세찬. 넌 남다라.

넌 노수지. 우리 모두 간석초 3학년 2반!

음, 어쨌든 골고루 세 가지를 다 먹을 수 있다는 게 좋아.

근데 노수지.
눈동자가 휘휙,
눈치가 보통이 아니던데.
우리 이름도 다 알고.

너도 만만치 않던데?
날 알고 있었잖아.

쿵쿵. 떡볶이 냄새 짱이다.
노가리 육수를 우린 국물 같아.

우와, 노가리 육수?
기세찬은 코치가 있네.

너희들 진짜 눈치
빠르구나. 다음에 꼭 와.
서비스 많이 줄게.

잘 먹었습니다

너희 둘도 우리 반에 친구 없지?
우리 친구 할래?

좋아!

우리 셋 다 눈치가
빠르니까 눈치코치
삼총사 할까?

콧구멍 벌름
기세찬!

입술 달싹
남다라!

눈동자 휘휙
노수지!

눈치코치 코치눈치 치치치!

거북이
앞머리

다라는 자기의 꿈이 뭔지는 몰라도 단짝 수지의 꿈이 뭔지는 알아요. 수지는 헤어 디자이너가 되고 싶어 해요. 수지는 머리를 잘 빗고, 잘 묶고, 잘 땋습니다. 그래서 아이들은 수지에게 머리를 자주 맡겼어요.

"수지, 완전 잘 묶어."

아이들은 수지가 만들어 준 머리 모양을 거울에 비춰 보며 마음에 쏙 들어 했어요.

"뭐, 이쯤이야. 헤헤."

수지는 별일 아니라는 듯이 말했지만 기분은 좋았어요.

"수지야, 나도. 내 머리도 예쁘게 땋아 줘."

"아니, 내가 먼저야."

수지의 손길을 기다리는 아이들은 늘 많았어요. 수지가 머리카락을 직접 자르겠다고 가위를 들기 전까지만 해도 말이죠.

"윤주 진짜 너무해. 머리카락 자르기로 해 놓고 도망가 버렸어."

수지가 식판을 테이블 위에 내려놓으며 의자에 털썩 앉았어요.

"원래 애들의 마음은 잘 변하는 법이지."

다라는 수지의 어깨를 톡톡 두드려 주었어요.

"마음이 변하면 어떡해? 머리 색깔이 변하면 또 몰라도."

수지가 머리를 흔들어 댔어요. 노란색으로 물들인 머리카락이 찰랑거렸어요.

다라는 수지를 보며 피식 웃고 말았어요. 머리카락 색깔을 계절별로 바꾸는 수지를 누가 말릴 수 있겠어요?

수지는 급식으로 나오는 돈가스, 소시지, 제육볶음 등을 아이들에게 주는 대신 머리카락을 조금만 자르게 해 달라고 부탁했어요. 그러나 아이들은 수지의 반찬만 먹고는 모른 척했지요.

약이 오른 수지는 하는 수 없이 다라 곁에 다가갔어요.

"다라야. 이거 먹어."

수지가 자기 몫의 제육볶음을 한 숟가락 크게 떠서 다라의 밥 위에 올려 주었어요.

"어? 너도 좋아하는 거잖아."

"나는 괜찮아. 다라야, 너는 말이야. 음식 먹을 때 정말 귀엽다."

"갑자기?"

다라는 뜬금없는 수지의 칭찬에 고개를 번쩍 들고 입술을 달싹였어요.

"노수지. 솔직히 말해. 뭐 부탁할 거 있지?"

"다라야, 너는 내 가장 친한 친구지?"

"이상한 부탁할 거면… 친한 친구 안 할 거야."

"어우, 야! 왜 그래."

"뭔데, 말해 봐."

"있잖아. 내가 머리카락 조금만 잘라도 돼? 지금 네 앞머리 너무 길어."

수지가 커다란 눈동자를 이쪽저쪽으로 휙휙 굴리며 다라를 바라보았어요.

다라의 앞머리가 길긴 길었어요. 잘라야 할 때가 훨씬 지났거든요. 다라는 이왕이면 수지한테 자르는 것도 좋겠다는 생각이 들었어요. 수지가 얼마나 바라는 일인지 진작부터 눈치챘거든요.

"휴, 알았어. 대신 아주 조금만 잘라야 돼. 알았지?"

"너! 내 실력 못 믿어?"

수지는 걱정 말라며 엄지손가락을 들어 보였어요.

다라와 수지는 급식을 먹자마자 머리카락을 자르기 위해 화장실로 뛰어갔어요.

"자, 공책을 이렇게 들고 있어."

수지가 다라의 손에 공책을 쥐여 줬어요.

사각 사각 사각.

수지는 조심조심 천천히 다라의 앞머리를 잘랐어요.

머리카락이 조금씩 공책 위로 떨어졌지요. 몇 가닥은 다
라의 콧잔등으로 떨어졌어요. 다라의 코가 움찔움찔거렸어
요. 곧 재채기가 나올 것만 같았지요.

"다라야, 잠깐… 차, 참아야…."

수지가 다라에게 조금만 참으라고 말하는 순간,

"에에에취!"

다라가 큰 소리로 재채기를 해 버렸어요. 고개가 아주 크

게 움직였지요.

그 바람에 수지의 가위가 다라의 머리카락을 왕창 잘라 버리고 말았어요.

"꺅. 난 몰라."

수지가 불에 덴 사람처럼 팔짝팔짝 뛰었어요.

다라는 재빨리 거울을 봤어요. 거울 속에는 삐뚤빼뚤 깡충한 앞머리의 다라가 있었어요.

"야! 너 이게 뭐야? 내 머리 망쳤잖아!"

다라는 화가 나서 얼굴이 벌겋게 달아올랐어요.

"다라야, 그러게 내가 재채기 참으라고 했잖아."

"야! 나오는 재채기를 무슨 수로 참니?"

"이걸 어쩌지? 정말 도로 붙여 주고 싶다."

수지가 바닥에 떨어진 머리카락을 보며 울상을 지었어요.

"한번 잘린 머리카락이 어떻게 붙겠니?"

"맞아. 그건 그래."

수지가 고개를 끄덕였어요.

"다라야, 앞으로 너한테 맛있는 반찬 전부 다 줄게. 그리고 잠 많이 자고, 잘 먹으면 머리카락 금방 자란대. 그러니까 제발 화 좀 풀어."

수지는 오후 내내 다라의 기분을 맞춰 주려고 했어요. 하지만 다라의 기분은 도무지 나아질 것 같지 않았어요.

'아무리 친해도 수지의 부탁은 들어주지 말았어야 했어. 모른 척하고 미용실에 갈걸.'

다라는 고개를 푹 숙인 채 계속 후회했어요.

다라한테 앞머리는 아주 중요하거든요. 다라는 이마가 톡 튀어나온 짱구예요. 그래서 앞머리를 눈썹까지 길렀어요. 앞머리가 더 길어져서 눈까지 덮을 정도가 되면 그때 미용실에 가서 잘랐죠.

다라는 바람 부는 날을 제일 싫어했고 달리기를 그다음으로 싫어했어요. 앞머리가 휘날려서 다라의 짱구 이마가 훤히 드러났으니까요.

다음 날, 조회 시간이었어요.

"이번 체육대회에 달리기 대표하고 싶은 사람?"

선생님이 아이들 얼굴을 천천히 바라보며 물었어요.

"선생님, 남다라 잘 뛰어요. 아마 전교에서 가장 빠를 걸요?"

세찬이가 큰 소리로 말하며 손가락으로 다라를 가리켰어요.

"어머, 그래? 다라가 달리기를 잘하는지 몰랐구나."

세찬이의 말을 들은 선생님이 활짝 미소 지었어요.

"아니에요. 선생님. 저는 달리기를 엄청 싫어하고 잘 달리지도 못해요."

다라는 한 손으로는 망친 앞머리를 가리고 나머지 한 손으로 손사래를 쳤어요.

"야, 너 왜 거짓말 해? 남다라! 너, 엄청 빨라서 발이 안 보인다니까."

세찬이가 벌떡 일어나서 두 팔을 앞뒤로 내저으며 뛰는 흉내를 냈어요.

"자자, 조용. 그럼 4교시 체육 시간에 달려 보기로 하자."

선생님은 조회를 마치고 잠깐 교무실로 갔어요.

다라는 세찬이를 째려보고 나서 복도로 쌩하니 가 버렸어요. 영문을 모르는 세찬이는 다라를 따라 나갔어요.

"남다라, 너 왜 그래? 난 네가 잘 뛰니까 추천해 준 건데."

세찬이가 뒤통수를 긁적이며 말했어요.

"기세찬! 누가 너더러 추천해 달래? 넌 왜 시키지도 않는 짓을 하니?"

다라가 쏘아붙이며 고개를 홱 돌렸어요.

곧바로 수지도 쫓아 나왔어요. 햄버거를 주문하면 같이 딸려 나오는 감자튀김처럼 수지와 세찬이는 항상 세트로 다녀요. 하긴 다라도 그렇죠. 셋은 눈치코치 삼총사니까요.

"다라야, 아직도 화 안 풀렸어?"

수지가 다라의 표정을 힐끗힐끗 보며 걱정스레 물었어요.

"그래 안 풀렸어. 잠을 자도 앞머리가 길어지기는커녕 더 짧아진 거 같다고."

"헉, 노수지! 너 끝내 남다라 머리카락을 잘랐구나!"

세찬이가 자기 이마를 톡톡 두드리며 못 말린다는 표정을 지었어요.

"너도 눈치 못 챘던 거지? 거봐, 다라야. 세찬이도 몰랐다잖아."

수지가 세찬이를 보며 눈동자를 빠르게 휙휙 굴렸어요. 도움을 요청하는 거였어요.

"맞아. 난 아예 몰랐어. 킁킁."

세찬이가 콧구멍을 벌름거리며 코를 킁킁댔어요. 툭하면 나오는 세찬이의 버릇이에요.

"야, 기세찬. 난 달리기가 싫다고. 달리면 앞머리가 홀렁 뒤집어져서 짱구 이마가 드러난단 말이야. 안 그래도 노수지가 내 앞머리를 이렇게 다 망쳐 놨는데."

다라가 짜증스러운 목소리로 퉁명스럽게 말했어요.

"남다라, 진짜 속상하겠다."

"다라야, 내가 너무 미안해."

세찬이의 말에 수지가 어쩔 줄 몰라 하며 또 사과를 했어요.

"아, 좋은 생각 났어. 두 손으로 이마를 가리고 달리는 거야. 그래도 넌 1등일걸?"

세찬이가 두 손바닥으로 자기 이마를 감싼 채 어기적거리며 달리는 시늉을 했어요.

우스꽝스러운 세찬이의 모습에 수지가 까르르 웃었어요.

두 아이 때문에 결국 다라도 피식 웃고 말았어요.

체육 시간에 네 명씩 한 조를 이뤄서 달리기를 했어요. 그 중 빨리 들어온 두 사람을 따로 모아서 다시 달리기를 했어요. 그렇게 계속 달리다 보면 가장 빠른 사람 한 명이 남게 되니까요.

다라는 양 손바닥으로 이마를 감싸 쥔 채 달렸어요. 그런데도 세찬이의 말처럼 언제나 제일 먼저 들어왔어요.

선생님은 다라가 이상한 몸짓으로 뛰는데도 속도가 빨라서 놀란 것 같았어요.

"다라야. 팔을 힘차게 저으면서 뛰어 봐. 네가 전체 1등을 할 수도 있겠다."

하지만 다라는 깡총한 앞머리도, 톡 튀어나온 이마도 드러낼 마음이 없었어요.

다라는 점심시간에도 식판에 고개를 파묻고 밥만 먹었
어요.

"다라야, 이거 먹어."

수지가 다라의 식판 위에 오늘의 반찬인 돈가스를 올려
주었어요.

다라는 돈가스를 수지의 식판에 도로 놓아 주었어요.

"나 안 줘도 돼. 너도 먹고 싶잖아."

수지는 자기 마음을 눈치챈 다라에게 고맙고 미안해서
손 하트를 날려 보냈어요.

"근데 말이야. 내 앞머리는 왜 이렇게 안 자라? 잘 자고 잘 먹으면 빨리 자란다며?"

갑자기 앞머리 생각이 나는지 다라가 발끈했어요.

"남다라! 너만 먹고 머리카락한테는 안 주니까 화가 나서 안 자라는 거지."

옆에 앉아 있던 세찬이가 불쑥 끼어들며 말했어요.

"뭐라고?"

"머리카락한테 직접 돈가스를 줘 봐. 밥도 줘 보고."

"뭐래?"

다라는 세찬이의 엉뚱한 말에 기가 막혔어요.

하지만 수지는 눈동자를 휙휙 돌리며 고개를 끄덕였어요. 그러고는 대단한 결심이라도 한 듯 돈가스를 다라의 이마를 향해 확 가져다 댔어요. 다라가 손으로 막지 않았다면 소스가 머리카락에 다 묻었을지도 몰라요.

"노수지, 하지 마라."

다라가 입술을 달싹대며 말했어요.

"미안. 난 뭐라도 해 보고 싶어서 그랬어."

수지가 다 기어들어 가는 작은 소리로 말했어요.

"자, 물도 좀 마시라고 해 봐."

세찬이가 물컵에 손가락을 집어넣더니 손끝에 물을 묻혀서 다라의 앞머리에 톡톡 뿌려 대기 시작했어요.

"기세찬, 내가 하지 말라고 했지!"

다라가 짜증 섞인 목소리로 숟가락을 들어 보이며 경고했어요.

그러면서도 다라는 쉬는 시간마다 화장실에 들러서 앞머리에 물을 묻혀 보았어요. 얼굴을 타고 줄줄 흘러내리는 물과 깡총한 앞머리를 보자 저절로 얼굴이 찡그려졌어요.

며칠 뒤, 세찬이가 헤어밴드를 가지고 학교에 왔어요.

"자, 써 봐."

"이거 어디서 났어?"

세찬이가 내미는 보라색 헤어밴드를 보며 다라가 물었어요.

"우리 고모가 테니스 선수잖아. 땀을 많이 흘려서 특수

제작한 헤어밴드를 쓰거든. 엄청 특별하고 좋은 거야. 이걸 쓰면 데굴데굴 굴러도 절대 안 벗겨진대."

세찬이는 자기가 추천하는 바람에 달리기를 싫어하는 다라가 곤란해졌다고 생각했어요. 미안한 마음에 헤어밴드를 고모한테 빌려 왔어요.

"앞머리가 자랄 때까지 그걸 쓰고 다니면 되겠다."

수지도 다행이라는 표정을 지었어요.

다라는 헤어밴드를 써 봤어요. 짧은 머리카락과 튀어나온 이마까지 전부 가리고도 남을 정도로 헤어밴드는 넓었어요.

점심을 먹자마자 다라는 자유로워진 두 손을 내저으며 운동장을 향해 달렸어요. 헤어밴드를 쓴 다라는 운동선수처럼 멋져 보였어요.

"다라 진짜 빨리 뛴다."

지나가던 아이들도 경주마처럼 달리는 다라를 보며 감탄했어요.

다라는 앞머리와 이마에 신경을 쓰지 않은 채 달릴 수 있었어요. 걱정거리에서 벗어나니 몸도 마음만큼 가벼웠지요. 다라는 수업이 끝나고 나서도 운동장을 뛰어다니며 부지

런히 연습을 했어요.

"다라야, 너 내일 무조건 1등이야."

수지와 세찬이는 다라를 응원하면서 같이 기다려 주었어요.

"맞아. 기념으로 우리 편의점에 가서 아이스크림이랑 매운 라면 먹을래?"

세찬이가 다라와 수지에게 말했어요.

"좋아."

아이들은 학교 앞 편의점에 가서 각자 먹을 것을 골라 야외 테이블에 앉았어요.

다라는 땀에 젖은 헤어밴드를 풀어 놓고 시원한 아이스크림을 먹었어요.

"끼악. 매워! 입에서 불 난 거 같아."

세찬이가 매운 라면을 먹으면서 눈물을 줄줄 흘렸어요.

"야, 소스를 반만 넣었어야지."

"맞아. 그걸 언제 다 넣은 거야?"

다라와 수지는 깔깔대며 웃었어요.

아이들은 먹고 남은 쓰레기를 치우고 조금 더 놀다가 헤어졌어요.

다라가 집에 도착해서 세수를 하려고 할 때였어요. 그제야 헤어밴드가 없어졌다는 걸 알게 됐어요. 허겁지겁 세찬이와 수지에게 전화를 해서 편의점에 함께 가 보았답니다. 하지만 헤어밴드는 보이지 않았어요.

"미안해. 땀에 젖은 헤어밴드를 빼놓는 바람에 잃어버렸어. 너희 고모 건데 어쩌지?"

다라가 세찬이에게 사과를 했어요.

"괜찮아. 편의점 아저씨가 찾게 되면 연락해 준다고 했으니까."

세찬이는 다라가 미안해하지 않도록 말해 주었어요.

"근데, 세찬아…. 나, 내일 달리기 못할 거 같아."

다라는 헤어밴드 없이 달릴 자신이 없었어요.

"무슨 소리야. 네가 얼마나 잘 달리는데. 1등은 너야."

"내 앞머리 아직도 안 자랐지?"

다라는 고개를 들어 세찬이와 수지를 보며 물었어요.

며칠이 지났지만 다라의 앞머리는 그대로인 것 같았어요. 수지가 간신히 고개를 끄덕였어요.

"이런 거북이 같이 느려 터진 머리카락을 봤나. 그냥 확 잘라 버릴까?"

다라는 화가 치밀어 올라서 큰 소리로 투덜댔어요.

'잘라 버릴까?'라는 말에 머리카락 자르기 좋아하는 수지가 눈동자를 빠르게 휙휙 굴렸어요. 너무 기대된다는 뜻이에요. 다라가 금세 눈치채고 두 팔을 들어 커다랗게 X자를 만들어 보였어요.

"삐삐!!! 너는 앞으로 내 머리에 손 못 댐. 알고 있지?"

다라의 말에 수지는 힘없이 고개를 끄덕였어요.

"다라야, 어쨌든 내일 학교에서 보자."

세찬이가 다라를 달래듯 말했어요.

"아니. 나, 내일 못 갈 거 같아."

다라는 그렇게 소리치고는 집을 향해 뛰어가 버렸어요.

세찬이와 수지는 황당한 얼굴로 사라져 가는 다라의 뒷모습을 바라보았어요.

오늘은 체육대회 날이에요. 운동장에 각 반별로 모이기 시작했어요. 알록달록 삼각 축제 깃발과 만국기가 하늘에서 펄럭였어요. 신나는 동요 모음곡들이 운동장을 가득 메우고 눈부신 햇살이 아이들의 머리 위로 사뿐히 내려와 앉았어요.

그런데 수지와 다라의 모습은 보이지 않았어요. 세찬이는 아이들 틈에서 수지와 다라를 찾아 두리번대느라 바빴어요.

'다라가 정말 결석하려는 걸까? 그럼 안 되는데. 걔네 집

에 들러서 데리고 올 걸 그랬나?'

세찬이는 다라에게 보낸 문자를 들여다보며 생각에 잠겼어요.

한편 수지는 아침 일찍부터 편의점에 뛰어갔지만 헤어밴드를 찾지 못해 풀이 죽었어요.

'남다라! 그깟 헤어밴드 하나 없다고 포기할 거야?'

수지는 주먹을 불끈 쥐고 다라네 집 쪽으로 발걸음을 옮겼어요.

마침 어깨를 축 늘어뜨린 다라가 집에서 나오고 있었어요.

"앗, 다라야. 얼른 와."

수지는 반가운 마음에 폴짝폴짝 뛰며 소리쳤어요.

하지만 다라의 얼굴에는 '체육대회 가기 싫어'라고 쓰여 있는 것만 같았어요.

다라는 새우처럼 등을 구부리고 느릿느릿 걸었어요. 학교 가지 않겠다고 고집을 피우다가 엄마한테 야단맞은 모양이었어요.

수지는 조용히 다라의 옆에서 발맞춰 걸었어요.

"다라야. 있잖아. 네 앞머리는 거북이처럼 느려 터졌잖아. 그치?"

수지가 다라를 보며 말했어요.

다라는 걷다가 말고 멈춰서 수지를 빤히 쳐다보았어요.

"너, 지금 내 앞머리 빨리 안 자란다고 놀리는 거야?"

"아, 아니. 그게 아니라 네 앞머리는 너의 발보다 훨씬 느리다는 얘기를 하려는 거야."

수지는 다라의 기분을 풀어 주기 위해 밤늦도록 고민해서 생각해 둔 말을 꺼냈어요.

"뭐? 그게 무슨 소리야?"

"네 앞머리는 거북이 같아서 사람들 눈에 아주 아주 천천히 띌 거야. 그 대신 달리기할 때의 발은 진짜 진짜 빠르기 때문에 사람들은 너의 발만 볼 거라고."

"정말?"

다라는 솔깃해졌어요.

"응. 네 앞머리가 짧은지, 네 이마가 짱구인지 사람들은 볼 틈이 없어. 네 발이 겁나게 빠르니까 말이야."

"그래? 그럴까? 그럼 일단 가 보자."

다라는 쭈그리고 앉았어요. 그런 다음, 풀어진 운동화 끈을 꽉 조여 맸어요.

"그리고 다라야, 네가 말하지 않으면 짱구인 거 아무도

모를 거야. 나도 몰랐거든. 너는 입술만 예쁜 게 아니라 검은 눈동자도 엄청 크고 예쁘잖아. 너를 딱 보면 예쁜 눈이 반짝반짝거려서 앞짱구 따윈 보이지도 않아."

"그거 정말이야?"

"응. 그러니까 앞으로는 누구한테도 그 비밀 얘기하지 마."

수지의 말에 다라가 입을 쩍 벌리며 '큰일 났네' 하는 표정을 지었어요.

"어떡하지? 너랑 세찬이한테는 이미 말해 버렸잖아."

"야! 우리는 눈치코치 삼총사잖아. 네 비밀은 무슨 한이 있어도 꼭 지켜 주지."

수지가 가슴을 탕탕 두드리며 어깨를 으쓱해 보였어요.

"좋았어. 그럼 달려 볼까?"

다라는 두 손바닥으로 이마를 붙잡고 뛰는 희한한 짓은 안 하기로 했어요. 있는 힘을 다해 두 팔을 휘저으며 달렸어요.

"다라야, 같이 가. 헉헉헉."

뒤처진 수지가 힘들어하며 외쳤어요.

다라는 학교 교문을 향해 뛰었어요. 처음으로 뛰는 게 신나고 즐거웠어요. 짱구 이마도, 짧은 앞머리도 부끄럽지 않았어요. 다라한테는 무척 빠르고 자랑스러운 두 발이 있으니까요.

"선생님, 저기 다라 와요. 수지도 와요."

세찬이의 말에 아이들과 선생님 모두 다라와 수지를 향해 손을 흔들며 환호성을 질렀어요. 이제 곧 체육대회가 시작될 거예요.

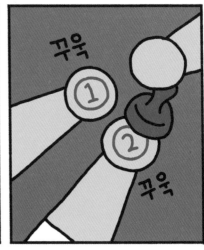

우와~

기세찬,
기죽지 마라.

넌 우리 친구로는
1등, 2등이야.

맞아. 달리기는 꼴등이라도.

그 말만 안 해도
딱 좋은데.

세찬이는 며칠 전부터 배가 사르르 아팠어요. 오늘도 배가 아파서 3교시가 끝나자마자 보건실에 갔어요. 수지와 다라도 따라가 주었죠.

보건 선생님이 세찬이에게 알약을 하나 주었어요. 보건실에 누워 있다가 가라고 했지만 세찬이는 괜찮다면서 복도로 나왔어요.

"보건실 침대에서 자도 되는데 왜 나와?"

수지가 물었어요.

"그렇게까지 아픈 건 아냐."

“그럼, 뭐 별로 안 아픈 거네.”

다라가 시큰둥하게 말했어요.

“그건 아냐. 진짜 아프다고.”

세찬이가 억울하다는 표정을 지었어요.

“너, 내일 그림 그리기 대회 나가는 것 때문에 떨려서 그런 거 아냐?”

“아!”

수지의 말에 세찬이는 그제야 배가 아픈 이유를 알아챈 것 같았어요.

“배 아프면 나가지 마.”

“안 돼.”

다라의 말에 세찬이가 딱 잘라 말했어요.

“그럼, 나가든지.”

“그, 근데 떨린다.”

수지의 말에 세찬이는 몸을 부르르 떨었어요.

“그럼, 나가지 마.”

다라가 다시 말했어요.

"안 돼."

"그럼, 나가든지."

수지가 또 말했어요.

"근데 떨려."

세찬이가 자신 없는 목소리로 대답했어요.

"지금 우리 뭐 하는 거야? 말꼬리 잡기 놀이 하는 거야?"

삼총사는 마주 보며 낄낄댔어요.

수지와 다라는 급식을 먹고 교실로 돌아왔어요. 세찬이
는 교실 책상에 혼자 엎드려 있었어요.

"세찬아, 괜찮아?"

수지가 걱정스러운 눈으로 바라보며 물었어요.

"아니, 배고파."

"지금이라도 급식 먹으러 가."

"근데 배가 아직도 아파. 밥 먹으면 더 아플 거 같아."

"나 같으면 그림 대회 안 나가겠다. 배 아프고, 배고프고."

다라가 고개를 살래살래 저었어요.

"대회는 포기 못해. 자존심 상하잖아. 가서 대충이라도 그려야지."

"자존심 좀 상하고 배 안 아픈 게 낫겠다."

다라의 말에 수지가 옆구리를 쿡 찔렀어요. 세찬이의 기분이 썩 좋아 보이지 않았으니까요.

"세찬아. 근데 네 크레파스 몇 색이야?"

수지의 물음에 세찬이는 책상 서랍 속에 있던 크레파스를 꺼냈어요.

"36색."

"그래? 나는 48색인데. 내 거 빌려줄게."

다라가 자기 자리로 얼른 뛰어가더니 크레파스를 들고 왔어요.

"고맙다."

세찬이가 다라의 크레파스 통을 열며 미소 지었어요.

"내일 뭐 그릴 거야?"

"아무거나 막 그리면 되는 거 아냐?"

"그래도 구청에서 어린이 그림 대회를 크게 여는 건데 아무거나 그리면 안 될걸?"

수지와 다라는 그림 대회가 점점 궁금해지기 시작했어요.

"내일 대회에 가면 주제를 알 수 있어."

세찬이가 대답했어요.

"기세찬. 힘내. 내일 그림 대회 1등은 너야."

수지가 세찬이를 보며 두 주먹을 불끈 쥐었어요.

"그래. 달리기 대회 1등은 내가 했으니까 그림 대회 1등
은 세찬이 네가 해라."

다라가 말했어요.

"그럼, 나는 뭘로 1등 하지?"

수지가 다라와 세찬이를 번갈아 보며 물었어요.

"너? 음… 너는 미용 대회 1등 하면 되지."

"미용 대회? 그거 나처럼 어려도 나갈 수 있을까?"

"조금만 더 큰 언니가 되면 가능할걸?"

다라의 말에 수지는 한껏 기분이 좋아져서 콧노래를 불렀어요.

'괜히 얘기 꺼냈나? 수지가 또 내 머리카락 자르겠다고 하면 안 되는데.'

다라는 겨우 자란 앞머리를 쓰다듬으며 조용히 자기 자리로 돌아갔어요.

  집으로 가는 길에 세찬이는 배가 고픈지 코를 쿵쿵대며 자꾸만 가게를 쳐다보았어요. 떡집을 보다가 분식집을 보다가 마지막엔 와플집 앞에서 멈춰 섰죠.

  "와플 먹고 싶다."

  "보건 선생님이 오늘은 죽 먹으라고 했잖아."

  "응. 나 먼저 갈게."

  집을 향해 가는 세찬이의 뒷모습이 처량해 보였어요.

  수지는 와플 가게 앞에서 주머니를 뒤적였어요.

  "왜? 세찬이 와플 사 주게? 어차피 오늘 못 먹어."

다라가 수지를 말렸어요.

"아니, 내일 사 주고 싶어서. 근데 돈이 별로 없다."

수지는 주머니에서 500원짜리 동전 하나와 100원짜리 동전 두 개를 꺼냈어요.

"나도 그래."

다라도 가방 속 지갑을 열어서 100원짜리 동전 세 개를 꺼냈어요.

"와플을 천 원어치만 달라고 하면 어때?"

수지가 좋은 아이디어라는 듯 큰 소리로 말했어요.

"세찬이가 좋아하는 바나나 와플은 삼천 원이나 해."

"그러니까 3분의 1만 달라고 하는 거지."

"너 같으면 그렇게 주겠니?"

"아니, 절대 안 주지."

다라의 말에 수지는 풀이 죽었어요.

"나는 지난번에 와플 먹다가 입천장이 까진 뒤로는 절대 안 먹어. 차라리 싸고 부드러운 핫케이크가 와플보다 훨씬 낫지."

다라는 세찬이한테 와플을 사 줄 수 없어서 툴툴거렸어요.

"핫케이크? 야! 좋은데?"

"뭐가 좋아?"

"우리 집에 뜯지도 않은 핫케이크 가루가 한 봉지 있거든."

수지가 들떠서 말했어요.

"진짜? 그거 한 봉지면 핫케이크 엄청 많이 만들 수 있어."

"다라야, 우리 내일 핫케이크 만들어서 세찬이한테 가져다 주자."

신이 난 다라와 수지는 과일 가게 앞을 지나갔어요. 과일 가게의 과일에는 별명이 있었어요. 볼 빨간 사과, 아기자기 방울토마토, 수리수리 수박, 메롱메롱 메론, 새초롬한 자두, 병아리 친구 참외 등등. 주인 아저씨는 항상 과일에다 어울리는 이름을 붙여 놓았어요. 수지와 다라는 길을 지나다니면서 과일 이름을 따라 읽는 걸 좋아했답니다.

"용기 백 배 바나나?"

"어? '원숭이 동생, 바나나'였는데."

"맞아. 이름이 바뀌었다."

수지와 다라가 바나나의 바뀐 이름을 보며 고개를 갸우뚱했어요.

"하하하. 너희들이 그걸 눈치챘구나."

과일 가게 아저씨가 수지와 다라를 보며 밝게 웃었어요.

"왜 바꾸셨어요? 아저씨?"

"단골손님 중에 회사 면접에서 자꾸만 떨어지는 아가씨가 있었거든. 그런데 우리 가게 바나나를 먹고 면접 시험을 보러 간 날, 덜컥 붙었다지 뭐냐. 그날은 떨리기는커녕 왠지 모르게 자신감이 생기더란다."

"진짜요?"

"응. 그래서 '용기 백 배 바나나'로 바꾸고 시험 합격용으로 팔아 보려고 한단다."

아저씨가 싱싱한 바나나 송이들을 진열대 위에 가지런히 정리했어요.

"세찬이한테도 '용기 백 배 바나나'가 필요한데."

"맞아. 그리고 세찬이는 바나나 엄청 좋아해. 와플도 바나나 와플만 먹잖아."

"우리 이거 하나 사서 핫케이크 만들 때 넣을까?"

수지와 다라는 동전을 모아 바나나를 사기로 했어요.

"아저씨, 바나나 한 개에 얼마예요?"

"응? 한 개는 안 판단다. 한 송이나 반 송이씩만 팔지."

아저씨의 말에 다라와 수지는 실망했어요. 그래도 여기

서 물러설 수는 없었어요.

"친구가 내일 미술 대회에 나가거든요. 떨려서 배가 아프
대요."

"오늘 점심도 쫄쫄 굶었어요. 너무 불쌍해요."

"돈이 천 원밖에 없는데 하나만 파시면 안 돼요?"

다라는 손바닥 위의 동전을 아저씨에게 보여 주었어요.

아저씨는 다라에게서 천 원을 받은 다음, 가게 안으로 들

어가서 가위를 가지고 나왔어요. 그러고는 바나나 반 송이
에서 세 개를 잘라 냈어요.

"두 개는 친구를 생각하는 너희 마음이 기특해서 그냥 주
는 거다."

"아저씨, 정말 감사합니다."

"엄마랑 과일 사러 꼭 다시 올게요."

다라와 수지는 아저씨에게 인사를 꾸벅하고 바나나 세
개를 받아서 집으로 향했어요.

　토요일 오전 11시, 다라는 수지네 집에 갔어요. 오후 1시
부터 그림 대회가 시작되기 때문에 미리 핫케이크를 만들
어야 했거든요.

　수지는 커다란 그릇에 팩 우유 2개와 달걀 2개를 넣었
어요.

"너, 이거 만들어 봤어?"

　달걀을 깨는 수지를 보며 다라가 물었어요.

"응, 한 번 만들어 봤어. 거품기로 저으면 돼."

"내가 해 볼게."

다라는 수지에게서 거품기를 받아 우유와 달걀을 조심조심 섞었어요.

"이제 핫케이크 가루를 넣을게."

수지가 그릇 속으로 핫케이크 가루를 부었어요.

"내가 반죽을 할 테니까. 너는 바나나를 잘라."

다라가 거품기를 계속 저으며 눈짓으로 바나나를 가리켰어요.

수지는 도마 위에 껍질을 벗긴 바나나를 놓고 일정한 간격으로 잘랐어요.

"바나나를 더 조그맣게 잘라야 하는 거 아니야?"

"아, 이렇게 동그랗게 잘라서 전을 부치는 것처럼 핫케이크를 만들 수도 있더라고."

수지는 자른 바나나를 반죽 속에 집어넣었어요.

"1~2분 있다가 기포가 생길 때 뒤집어 주면 된대. 약한 불에서."

다라가 조리법을 읽으면서 수지에게 말했어요.

"응, 이제 굽는다."

수지는 반죽에 담긴 동그란 바나나를 하나씩 꺼내서 프라이팬 위에 올렸어요. 꼭 작은 호박전처럼 바나나 핫케이크가 프라이팬 위에 가지런히 줄지어 있었어요.

잠시 후, 바나나를 둘러싼 반죽 테두리에 기포가 하나씩 생기기 시작했어요.

"우와, 보글보글 기포가 올라온다."

다라가 신기해하며 손뼉을 쳤어요.

"이때다. 뒤집자!"

수지가 바나나 하나를 뒤집었어요. 노르스름하던 반죽의 색깔이 갈색으로 변해 있었어요.

"이야, 완전 잘 됐는데?"

다라는 팬 위에 있는 갈색의 핫케이크를 보며 감탄을 했어요.

호박전보다 더 작고 앙증맞은 바나나 핫케이크는 모양도 예뻤고 냄새도 근사했어요.

다라는 핫케이크를 식혀서 통에 담았고, 수지는 꽁꽁 얼려 놓은 주스 팩을 냉동실에서 꺼냈어요. 그러고 나서 에코

백에 핫케이크 통과 함께 넣었어요. 소풍 때 썼던 돗자리도

꺼내서 어깨에 멨지요.

"자, 출발! 기세찬을 놀라게 해 주자고."

수지와 다라는 공원을 향해 빠르게 걸어갔어요. 핫케이크를 만들고 뒷정리까지 하는데 생각보다 시간이 많이 걸렸거든요.

공원에 도착해 보니 그림 대회는 벌써 시작되었더라고요. 많은 아이들이 열심히 그림을 그리고 있었죠.

수지는 세찬이를 찾아 두리번거렸어요.

"앗, 저기 있다."

세찬이는 공원 한구석 바닥에 쭈그리고 앉아 있었어요. 흰 도화지만 펼쳐 놓고 아무것도 그리지 않은 채 말이에요.

"야! 너는 그림을 그리러 오는 애가 돗자리도 없이 오면 어쩌냐?"

다라가 돗자리를 펴고 수지는 그 위에 에코 백을 올려놓았어요.

"너희 뭐야? 왜 왔어?"

깜짝 놀란 세찬이가 물었어요.

"너, 응원하러 왔지. 아침에 죽 먹었어?"

"응, 먹고 왔어. 쿵쿵. 근데 이 고소한 냄새는 뭐지?"

세찬이가 냄새를 따라 몸을 이리저리 움직였어요.

"아, 진짜. 누가 콧구멍 벌름 기세찬 아니랄까 봐. 그새 냄새를 맡냐?"

다라가 세찬이를 보며 웃었어요.

"우리가 와플 살 돈은 없어서 대신 핫케이크를 만들어 왔어."

수지가 도시락통을 열며 세찬이에게 핫케이크를 보여 주었어요.

"이렇게 작은 게 핫케이크야? 원래 핫케이크는 손바닥만

하지 않나?"

세찬이가 갸웃거리며 물었어요.

"이건 먹는 즉시 용기가 솟는 '용감한 핫케이크'야."

"야, 용감한 핫케이크? 그런 게 어딨냐?"

수지의 말에 세찬이가 못 믿겠다는 투로 말했어요.

"이거 '진짜 용감한 핫케이크'라니까. 특별히 '용기 백 배 바나나'를 넣어서 만든 거라고."

"맞아, 이걸 먹으면 넌 배도 안 아프고 그림도 엄청 잘 그리게 될 거야. 진짜야!"

다라와 수지가 엄지손가락을 치켜들며 말했어요.

그 말에 세찬이의 표정이 환해졌어요.

"그런데 뭐 그려야 돼? 다른 애들은 벌써 그리던데…."

수지가 주위를 둘러보며 말했어요.

"주제는 '가장 기쁜 날'이야. 근데 언제 가장 기뻤는지 생각이 안 나서 고민 중이야."

세찬이는 손으로 턱을 괴며 생각에 잠겼어요.

"그게 왜 고민이야? 너, 지금 안 기뻐? 우리가 왔는데도?"

다라가 세찬이를 보며 물었어요.

"그래, 맞아. 우리가 용감한 핫케이크까지 만들어 왔는데 기뻐해야지."

수지도 맞장구를 쳤어요.

"그야, 당연히 기쁘지."

세찬이가 수지와 다라를 쳐다보며 고개를 끄덕였어요.

"그럼, 뭘 고민해? 이걸 그려."

"아!"

세찬이는 다라의 말을 듣고는 아이디어가 떠오르는지 고개를 끄덕였어요.

"좋아. 좋아. 용감한 핫케이크를 멋지게 그려야겠어. 그리고 핫케이크를 가져다준 너희들도 그리고."

세찬이는 도화지 위에 스케치를 하기 시작했어요.

"뭐? 우리도 그려 준다고?"

"기세찬! 이왕이면 예쁘게 그려 줘라."

다라와 수지는 꼼짝도 하지 않았어요. 움직이지 않아야 세찬이가 더 예쁘게 그려 줄 것 같았거든요.

꼬르르륵.

다라의 뱃속에서 꼬르륵 소리가 났어요. 아침도 굶고 핫케이크를 만들러 수지네 간 거였거든요.

그 소리에 수지가 핫케이크 통을 열어 다라의 입에 바나나 핫케이크를 하나 집어넣어 주었어요. 물론 자기도 하나 먹었고요. 세찬이도 하나 주었죠.

잠시 후, 수지와 다라는 주거니 받거니 용감한 핫케이크를 먹기 시작했어요. 그래도 열심히 그림 그리는 세찬이의 몫은 충분히 남아 있었답니다.

    삼총사는 아침부터 설레었어요. 한 달에 한 번 공원 안의 큰 놀이터에서 녹색 장터가 열리는데 오늘이 바로 그날이 거든요. 항상 구경만 해 오던 녹색 장터에서 이번엔 물건을 팔아 보기로 한 거예요. 삼총사는 쓰지 않는 물건을 각자 세 개씩 가지고 오기로 했어요.

"그건 뭐야?"

세찬이가 다라의 손에 있는 종이를 보며 물었어요.

"이거? 우리 가게 이름."

다라는 '삼총사가 팔아요!'라고 쓴 두꺼운 종이를 벤치의

등받이에 척 걸쳐 놓았어요.

　처음 판매하는 날인데도 운 좋게 미끄럼틀 옆 벤치에 자리를 맡았지 뭐예요. 세찬이와 다라는 콧노래를 부르며 가지고 온 물건들을 가방에서 꺼냈어요.

　"수지는 어디로 갔어?"

　"응? 조금 전까지 여기 있었는데. 금세 오겠지."

　다라는 벤치 앞 돗자리 위에 물건들을 늘어놓으며 말했어요.

수지는 놀이터 안에 있는 공중 화장실 변기에 앉아 있었어요. 이상하게 아침부터 속이 꽉 막힌 것처럼 답답했어요. 녹색 장터에서 친구들과 물건을 팔아 보는 건 수지가 정말 하고 싶었던 일이었어요. 그런데 왜 이렇게 밥 먹다가 체한 것처럼 답답한지 이해가 되질 않았답니다.

수지는 이런저런 생각을 하다가 퍼뜩 곰돌이를 떠올렸어요. 어릴 때 가지고 놀던 곰 인형을 오늘 녹색 장터에 내놓았거든요. 한동안 벽장 안에 넣어 둔 것도 잊고 지낼 정도

여서 이젠 필요 없겠다는 마음에 곰 인형을 가지고 온 거예요. 하지만 곰돌이가 진짜 팔릴지도 모른다는 생각이 들자 수지는 갑자기 슬퍼졌어요. 곰 인형 때문에 속이 답답했었나 봐요.

'안 돼. 곰돌이는 절대 안 돼!'

수지는 팔기로 했던 마음을 고쳐먹었어요.

서둘러 화장실에서 나온 수지는 '삼총사가 팔아요' 가게로 달려갔어요.

"애들아! 나, 곰돌이 안 팔 거야. 빨리 돌려줘!"

수지가 두 손을 모아 앞으로 쭉 내밀며 말했어요.

그 순간, 세찬이와 다라는 얼음처럼 딱딱하게 굳어 버렸어요.

"너희 왜 그래? 내 곰돌이는 어딨어?"

수지가 벤치 주위를 빙글빙글 돌며 곰돌이를 찾아 헤맸어요.

"수, 수지야. 곰돌이 아까 팔렸어."

세찬이가 개미만 한 목소리로 대답했어요.

"뭐라고? 난 몰라. 힝."

수지가 벤치에 철퍼덕 주저앉더니 다리를 바동거렸어요.

조금 지나자 수지의 눈과 코가 점점 붉게 물들었어요. 눈물 흘릴 준비가 되어 있는 빨간 눈과 코는 왠지 아파 보였어요.

"내 곰돌이 얼마에 팔았어?"

"처, 천 원."

세찬이가 말했어요.

"뭐라고? 내 곰돌이를 겨우 천 원에 팔았다고?"

수지가 소리를 꽥 질렀어요.

"수지야, 내가 물건 두 개만 갖고 와도 된다고 했지? 그런데 네가 곰 인형 필요 없다면서 그것까지 껴서 세 개 들고 온 거잖아. 그래 놓고 지금 와서 이러면 어떡해?"

수지가 떼를 부리자 다라는 짜증이 났어요.

다라의 말을 듣자마자 수지는 눈물을 철철 흘렸어요.

"엉엉엉. 맞아. 다 내 탓이야. 내가 멍청해서 곰돌이를 지켜 주지 못했어."

수지는 목 놓아 울면서 자기 탓을 했어요.

"수지야, 울지 마. 이 물건들 팔아서 다른 인형으로 사 줄게."

세찬이가 안타까워하면서 우는 수지를 달랬어요.

"기세찬, 물건 판 돈은 기부하는 거 아냐? 그걸로 노수지 인형을 사 주면 어떻게 해?"

다라가 똑 부러지게 말했어요.

그 말에 수지가 더 크게 울었어요.

"야, 남다라. 우리가 물건을 비싸게 팔면 돈이 남을 거잖아. 그걸로 사 주면 되지."

세찬이도 지지 않고 말했어요.

"싫어, 싫어. 나는 다른 인형은 싫어. 내 곰돌이가 좋다고."

곰돌이
구출 작전

수지의 말을 들은 세찬이는 콧구멍을 벌름대며 한참 생각
에 잠겼어요. 다라도 우는 수지를 보며 입술을 달싹였어요.

"남다라, 가자!"

"어딜?"

"곰돌이 사 간 누나 찾으러. 그 누나 유명해서 찾기 쉬울
거야. 내가 찾을게. 킁킁."

세찬이가 계속 킁킁대며 콧구멍을 벌름댔어요. 다라는
못 말린다는 듯 하늘을 올려다봤고 울던 수지는 그제야 겨
우 고개를 들었어요.

"휴, 그래. 좋아."

다라는 세찬이와 함께 놀이터 안에 자리 잡은 다른 가게들을 돌아다니기로 했어요. 곰돌이를 사 간 언니가 아직 녹색 장터에 있을지도 모르니까요.

"수지야, 우리가 올 때까지 그냥 너는 여기 앉아서 가게 지키기만 하면 돼. 이제 그만 울어."

세찬이가 수지를 위로해 주었어요.

"손님 오면 물건 팔아야지, 앉아만 있으면 어떡해?"

다라가 세찬이를 보며 물었어요.

"야, 수지는 낯선 사람이랑 얘기하는 거 싫어하잖아. 넌 친구라면서 그런 것도 모르냐?"

세찬이는 수지에 관한 건 다 안다는 투로 말하고 앞장을 섰어요. 다라는 낯선 사람을 싫어하는 수지가 녹색 장터에 물건 팔러 나올 때는 왜 그렇게 좋아했는지 도통 알 수가 없었어요.

녹색 장터 구석구석을 다 뒤졌지만 곰돌이를 사 간 언니는 어디에도 보이지 않았어요.

"애들아, 어디 가? 물건 다 팔았어?"

큰 나무 아래 돗자리를 펴고 물건을 진열하던 윤성이가 세찬이와 다라를 보며 물었어요.

"윤성아, 너 지난번 체육대회 때 춤췄던 언니 알지? 여기서 못 봤니?"

다라가 윤성이를 보며 물었어요.

"아, 그 댄스 언니? 효재랑 친해. 옆집 산다고 했거든."

윤성이가 놀이터 출입구에 자리를 펴고 앉아 있는 효재를 손가락으로 가리켰어요.

세찬이와 다라는 재빨리 뛰어갔어요.

"효재야, 너 댄스 언니랑 친하다며?"

"아, 나희 누나? 나랑 친해. 왜?"

효재는 무슨 일인지 궁금해했어요.

"우리한테서 곰 인형을 샀거든. 만나서 물어볼 말이 있어서 그래. 언니 지금 어디 있어?"

다라가 급하게 물었어요.

"응? 댄스 학원 간다고 했는데… 조금 전에 갔어."

"거기가 어디야?"

"사거리 햄버거 가게 위에 있을걸?"

효재의 말을 듣자마자 다라는 전속력으로 달렸어요. 세 찬이는 뒤쫓아 가다가 힘에 부치는지 중간중간 멈춰서 쉬었어요.

단숨에 달려온 다라는 댄스 학원의 문을 벌컥 열었어요. 댄스 언니는 친구들과 춤 연습을 하고 있었어요. 수지의 곰돌이는 바닥에 있었어요.

"나희 언니. 곰 인형 다시 돌려주면 안 돼요?"

다라가 언니를 크게 부르며 말했어요.

댄스 언니와 친구들은 춤을 추다 말고 다라를 쳐다보았어요.

"아, 너. 녹색 장터에서 나한테 인형 판 애구나?"

"네. 제 친구 인형인데 다시 찾고 싶대요. 지금 울고 있어요."

"정말?"

"천 원 돌려 드릴게요."

다라가 주머니에서 천 원을 꺼내 댄스 언니에게 내밀었

어요.

"어쩌지? 내 동생 생일 선물로 주려고 벌써 사진까지 찍어서 보냈거든. 내 동생도 곰 인형을 좋아해."

"정말요? 어쩌지?"

"그럼, 네가 천 원으로 다른 곰 인형을 사 올래? 저거랑 바꿔 줄게."

댄스 언니는 친절하게 얘기해 주었어요.

그때 세찬이가 헉헉대며 댄스 학원 문을 열고 들어왔어요.

"세찬아, 가자."

세찬이는 학원에 들어오자마자 영문도 모른 채 다라를 따라나섰어요. 다라는 거리에서 또다시 전력 질주하기 시작했어요. 지친 세찬이는 그만 길바닥에 털썩 주저앉고 말았답니다.

다른 곰
인형 찾기

다라는 녹색 장터가 열리는 놀이터로 돌아왔어요. 아이
들이 판매하는 물건 중에 곰 인형이 있는지 보기 위해서
였죠.

"헉헉헉. 남다라, 뭐해?"

뒤늦게 놀이터에 온 세찬이가 가쁜 숨을 내쉬며 다라에
게 물었어요.

"댄스 언니한테 다른 곰 인형을 사다 줘야 수지의 곰돌이
를 되찾을 수 있어. 근데 이 많은 물건 중에 곰 인형이 없다
는 게 말이 되니?"

다라는 믿을 수 없다는 눈으로 세찬이를 바라보았어요.

"진짜?"

"응. 토끼, 다람쥐, 강아지 인형은 많거든. 근데 곰 인형은 안 보여."

"어쩌지?"

세찬이와 다라는 실망한 얼굴로 터덜터덜 걸었어요.

"다라야, 댄스 언니 만났어?"

윤성이가 지나가는 다라를 보며 아는 척했어요.

"어, 만났어."

"그래? 근데 왜 기분이 안 좋아?"

"그건 말이야. 녹색 장터에 곰 인형이 하나도 없기 때문에 그래."

세찬이가 다라 대신 말해 주었어요.

"곰 인형? 나한테 있는데?"

윤성이가 자기 돗자리에 놓인 물건 중 후드티를 입은 토끼 인형을 번쩍 들어 보였어요.

"토끼는 필요 없어. 우린 곰 인형이 필요하다고."

"이거 토끼 아냐. 곰이야."

윤성이가 인형이 입고 있는 후드티의 토끼 모자를 살짝 벗기자 귀여운 곰이 나타났어요.

"우와. 곰이다!"

다라와 세찬이가 동시에 외쳤어요.

"윤성아, 이거 우리한테 팔아. 천 원 여기 있어."

다라가 천 원을 내고 윤성이의 곰 인형을 손에 쥐었어요. 그러자 윤성이가 곰 인형을 싹 빼앗았어요.

"안 돼. 이거 삼천 원에 팔 거야. 여기 가격표 안 보여?"

"뭐? 삼천 원? 우리 천 원밖에 없어."

다라는 기운이 쏙 빠져서 땅으로 꺼질 것처럼 한숨을 내쉬었어요. 한숨의 꼬리가 아주 길게 이어졌어요.

"윤성아, 너 뭐 갖고 싶은 물건 없어? 우리한테 있는 걸 가져다줄게."

보다 못한 세찬이가 아이디어를 냈어요.

"너희한테 뭐가 있는데?"

"음. 꿀꿀이 에코 백, 목소리 큰 알람 시계, 뿔 달린 악마 머리띠, 무선 조종 자동차, 캐릭터 백과사전, 고무 딱지 세트, 강아지 모양 실내화… 그리고 또 뭐가 있더라?"

세찬이가 윤성이를 설득하려고 애를 썼어요.

"음. 별로. 나는 저런 가방이 갖고 싶거든. 효재가 파는 저기 저 손가방."

윤성이가 효재네 가게에

진열된 꽃무늬 가득한 손가방을 가리켰어요.

다라는 얼른 효재의 가게로 달려갔어요. 수지의 곰돌이를 찾아오려면 서둘러야 했으니까요.

"효재야, 이 가방 얼마야?"

"아, 이거? 싸게 내놨으니까 사."

효재가 손가방을 다라에게 건네주었어요.

"싸면 얼마? 천 원?"

세찬이가 잔뜩 기대에 찬 눈으로 말했어요.

"뭐? 이거 수제품이야. 오천 원도 너무 싼 거라고."

효재가 손가방을 도로 빼앗으며 볼멘소리로 말했어요.

"꺅. 오천 원?"

"점점 비싸진다."

세찬이와 다라는 고민에 빠졌어요.

수지의 곰돌이를 너무 싼값인 천 원에 팔아 버려서 그 돈으로 새로운 곰 인형을 살 수는 없을 것 같았어요. 그렇다고 해도 세찬이와 다라는 포기하고 싶지 않았어요. 수지가 울고 있을 테니까 말이에요.

"효재야. 우리 물건 중에 꽤 좋은 게 많거든?"

"뭐가 있는데?"

그때 갑자기 다라의 머릿속에 '반짝' 하고 불이 들어왔어요.

"맞다. 효재, 너 핼러윈 데이 때 내 머리띠 부러워했잖아."

"아! 그 뿔 달린 악마 머리띠?"

"그래. 나 그거 팔려고 갖고 왔어. 이 손가방이랑 바꾸는 거 어때?"

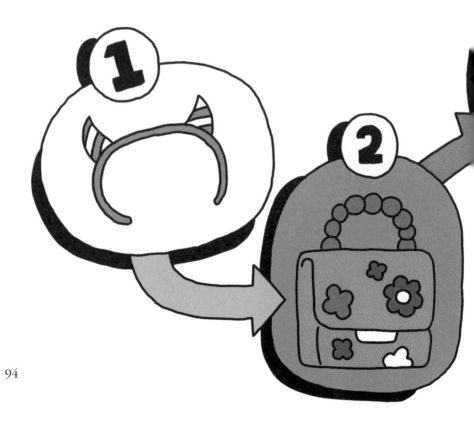

다라가 효재의 눈치를 살피며 조심스럽게 물었어요.

"좋아. 그럼 그거 가지고 와. 바꾸자."

효재도 다라의 제안을 흔쾌히 받아들였어요.

"야호!"

다라와 세찬이는 공중으로 뛰어오르며 하이파이브를 했
어요.

　다라와 세찬이는 신이 나서 '삼총사가 팔아요' 벤치를 향
해 달려갔어요. 이제 수지의 곰돌이를 되찾아 올 방법이 생
겼으니까요. 그런데 어쩐 일인지 돗자리 위에 있어야 할 머
리띠가 보이지 않았어요.

　"수지야, 여기 있던 뿔 달린 악마 머리띠 어디 갔어?"

　다라가 어리둥절해하며 물었어요.

　"그거? 내가 팔았는데."

　수지가 대답했어요.

　"뭐? 네가 팔았다고?"

세찬이가 믿기지 않는다는 듯 눈을 동그랗게 떴어요.

"야, 그걸 팔면 어떻게 해? 뿔 달린 악마 머리띠가 있어야 효재의 꽃무늬 손가방이랑 바꿀 수 있다고."

"다라야, 나는 꽃무늬 손가방 같은 건 필요 없어."

다라의 얘기를 들은 수지가 딱 잘라 말했어요.

"누가 너 준대? 그 꽃무늬 손가방이랑 윤성이의 토끼 모자 쓴 곰 인형이랑 바꿔야 된단 말이야."

세찬이가 답답해하며 말했어요.

"기세찬. 나는 내 곰돌이를 찾고 싶어. 토끼 모자 쓴 윤성이의 곰 인형 같은 건 필요 없다고."

"누가 너 준대? 윤성이의 토끼 모자 쓴 곰 인형이 있어야 댄스 언니한테서 네 곰돌이를 찾아올 수 있단 말이야."

다라가 두 발을 동동 구르며 대답했어요.

세찬이와 다라는 기운이 쏙 빠져서 그만 땅바닥에 드러 눕고 말았어요.

잠시 후, 다라는 돗자리 위에 물건 대신 물건을 담아 왔던 가방만 세 개 놓여 있다는 걸 깨닫고 벌떡 일어났어요.

"수지야, 가방에서 물건들 도로 꺼내 놔. 돗자리 위에 늘어놔야 팔리지."

다라는 혼자 가게를 지키던 수지가 물건들을 가방 안에 도로 집어넣었다고 생각했어요.

'곰돌이 못 찾으면 장사도 그만하자고 떼를 쓰겠지?'

다라는 수지 생각에 머리가 띵해졌어요.

"가방에 물건 없어."

"뭐라고? 그럼 물건 어디다 뒀어? 전부 잃어버린 거야?"

바닥에 누워 있던 세찬이도 용수철처럼 튀어 올랐어요.

"아니, 내가 다 팔았는데?"

수지가 돈 통에서 돈을 주섬주섬 꺼내며 말했어요.

"뭐, 뭐라고?"

세찬이와 다라는 너무 놀라 말문이 막혔어요.

돈 통에서는 지폐가 끊임없이 나왔어요. 천 원, 이천 원, 삼천 원… 통에서 나온 돈은 전부 삼만 칠천 원이었어요.

"끼악! 사람들이 돈을 이렇게 많이 내고 물건을 사 갔다고?"

"너희가 내 곰돌이를 너무 싸
게 판 거야."

수지가 지폐를 가지런히
정리하며 말했어요.

"와. 수지 대단한데. 우리
중에 장사를 가장 잘하는 사람
은 노수지다!"

다라가 수지를 보며 엄지를 들어 올렸어요.

"처음에는 부끄러웠는데, 사람들한테 자세히 설명을 해
주니까 다 사 가더라. 재미있었어."

세찬이는 곰돌이 때문에 울던 수지가 장사를 했다는 사
실이 신기했어요.

"물건 판 돈 삼만 칠천 원에서 효재한테 살 손가방 값을
빼자. 오천 원 줘 봐. 수지야."

"왜?"

"손가방을 사서 윤성이의 토끼 모자 쓴 곰 인형이랑 바꾸
려고 그러지. 그래야 댄스 언니한테서 네 곰돌이를 찾아올

수 있으니까."

다라의 말에 세찬이는 고개를 끄덕이며 효재에게 갈 준비를 했어요.

"잠깐! 토끼 모자 쓴 곰 인형은 얼만데?"

"그건 삼천 원."

수지가 묻자 세찬이가 대답했어요.

"그럼, 나 오천 원 안 줄래."

수지가 천 원짜리 세 장만 다라에게 주었어요.

"뭐? 왜?"

"삼천 원이면 되니까."

"그게 무슨 소리야. 수제품이라서 손가방의 가격은 오천 원이라고."

"얘들아, 토끼 모자 쓴 곰 인형은 윤성이가 삼천 원에 판다며? 돈 주고 살 거면 윤성이한테 직접 가서 사. 왜 오천 원을 주고 손가방을 사서 윤성이의 삼천 원짜리 곰 인형이랑 바꾸려고 해?"

수지가 세찬이와 다라를 쳐다보며 물었어요.

"우와! 정말 그러네. 수지, 천재다!"

다라는 수지를 감탄의 눈길로 쳐다보았어요. 둘은 마주 보며 웃었어요. 그사이 세찬이는 코를 벌름대며 생각에 잠겼어요.

"수지야, 그래도 이천 원 더 줘."

세찬이가 말했어요.

"왜?"

"우리가 효재한테 손가방이랑 악마 머리띠를 바꾸자고 먼저 제안을 했거든. 이미 팔려서 어쩔 수 없게 되었지만 효재는 기다리고 있을 거야. 또 윤성이도 우리가 효재 손가방을 가지고 올 줄 알고 토끼 모자 쓴 곰 인형을 안 팔고 있을 테고."

세찬이의 말에 다라와 수지가 고개를 끄덕였어요.

"머리띠가 팔렸어. 대신 돈 주고 손가방을 살게."

삼총사는 효재에게 사정을 설명했어요. 그러자 효재는 천 원을 깎아 줬어요.

"이 열쇠고리 너 가져. 나는 집에 또 있거든."

수지는 머리띠를 팔아 버려서 미안한 마음에 효재에게 열쇠고리를 건넸어요.

삼총사는 손가방을 들고 윤성이를 찾아갔어요.

"얘들아, 이건 곰 인형 옷인데. 이것도 가져가."

윤성이는 손가방을 사다 줘서 고맙다며 직접 만든 곰 인형 옷을 덤으로 주었어요.

"어머, 이거 내 곰돌이한테도 맞겠다. 고마워."

수지가 기뻐하며 말했어요.

윤성이에게 곰 인형을 산 삼총사는 녹색 장터 밖으로 나왔어요.

"남은 돈은 모두 기부하고 수지의 곰돌이만 찾으면 되겠다."

"와, 우리 장사 천재인가 봐."

삼총사는 댄스 학원을 향해 씩씩하게 걸어갔어요.

언니, 곰 인형
사 왔어요.

이랬다저랬다 해서
죄송해요.

아니야, 괜찮아.
친구 생각하는 너희
완전 최고!

근데 언니, 연습
안 하고 왜 여기
있어요?

오늘 거리 공연이 있는
날인데 아무도 관심이 없어.

어쩜
파리 한 마리도 없냐?
그냥 집에 가자.

눈동자 휙휙!

입술 달싹!

콧구멍 벌름!